EL DUENDE VERDE

ANAYA

© Del texto: Carles Cano, 1993
© De las ilustraciones: Montse Ginesta, 1993
© De esta edición: Grupo Anaya, S. A., 1993
Juan Ignacio Luca de Tena, 15. 28027 Madrid
www.anayainfantilyjuvenil.com
e-mail: anayainfantilyjuvenil@anaya.es

1.ª ed., febrero 1993; 2.ª ed., julio 1995
3.ª ed., marzo 1996; 4.ª ed., marzo 1998
5.ª ed., septiembre 1999;6.ª ed., septiembre 2000
7.ª ed., junio 2001; 8.ª ed., febrero 2002
9.ª ed., diciembre 2002; 10.ª ed., julio 2005
11.ª ed., mayo 2006; 12.ª ed., mayo 2007

Diseño: Taller Universo

ISBN: 978-84-207-4821-4
Depósito legal: M. 23.339/2007

Impreso en ORYMU, S. A.
Ruiz de Alda, 1
Polígono de la Estación
Pinto (Madrid)
Impreso en España - Printed in Spain

EL DUENDE VERDE

Carles Cano

LA GALLINA QUE PUDO SER PRINCESA

Ilustración: Montse Ginesta

¡He cambiado de firma! Quizá a ti te parezca una cosa baladí, que es una palabra difícil y significa: sin importancia, pero la tiene, no creas.

Hay sesudos doctores, grafólogos se llaman, que descubren cosas insospechadas en los trazos de tu firma. Así pueden averiguar si te gusta o no el conejo al ajillo por la patita de una **a**. Si duermes bien, por la firmeza de tus **zetas**. E incluso si vas a aprobar el examen de matemáticas o el de conducir según las curvas de tu rúbrica, que son esos rayones que haces después de poner el nombre.

¿Que cómo lo saben? Pues no lo sé, pero el caso es que lo saben. Y ahora que reflexiono, (un, dos, un dos, izquierda derecha, izquierda derecha, un, dos, un, dos. Bien ya he reflexionado bastante) si he cambiado de firma, debo haber cambiado también yo. ¿No? Y no me refiero a que estoy un poco más gordo y ahora tengo un hijo, sino a cosas más difíciles de ver. Por ejemplo:

Esa **ese** tan larga de mi firma, ¿será porque cada vez me gusta menos el jaleo y más la tranquilidad?

Y esa **erre** que parece una uve ¿querrá decir que ya no me gustan las historias rrrrrooooollos en las que no pasa nada o casi nada, por muy bien escritas que estén?

Y esas rayas paralelas de la derecha, ¿serán porque me gustan los trenes y viajar?

Esa **ele** dobladita, ¿significará que soy ahora más sumiso y menos contestón?

Quien sabe, a lo mejor son tonterías. De todas formas sirven para entretenerse un rato. ¡Ah!, por cierto, hablando de entretenerse, creo que me he entretenido hablando de mi firma y no te he hablado del cuento. Bueno, los que mejor hablan de los cuentos son ellos mismos, ¿no te parece?

Un abrazo y ahí va el objeto de esta carta:

A Carles,
que cuando se ríe
pone los ojos
de su madre

LA siguiente situación se desarrollaba en la plaza real del reino, justo bajo la gran puerta gótica del palacio del rey (como podéis ver, todo muy real). Un magnífico escudo de piedra remataba el gracioso arco ojival…

—¡Oh! ¡Qué bonito queda ese sol en el centro del escudo de armas del reino! —dijo aquella turista despistada ataviada con bermudas, cámara japonesa y pamela, como todas las turistas despistadas.

—Os equivocáis, estimada señora —dijo el guía imperial, que siempre comenzaba así esta historia—. No es un sol, es un huevo frito, y está ahí porque… —en ese momento, el guía imperial hacía que todos se sentaran en el césped a su alrededor y empezaba…

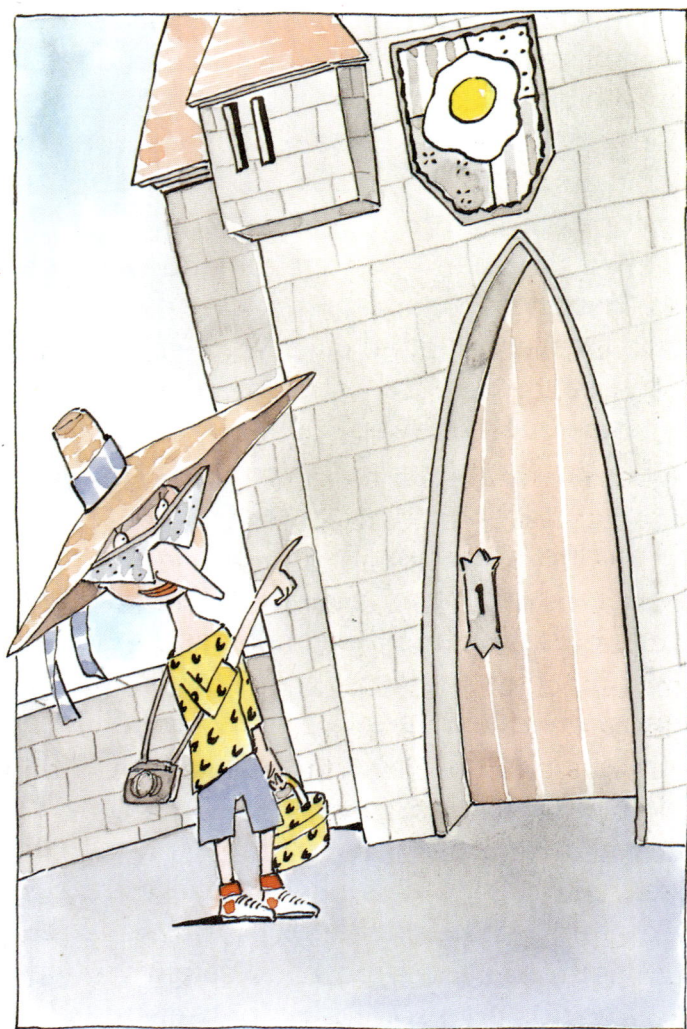

Hace muchos, muchísimos años, cuando las gallinas todavía hablaban y tenían un país para ellas solas, y eran prácticamente desconocidas fuera de su país, acontecieron una serie de curiosos hechos que cambiaron la historia de este tranquilo reino.

Bien sabrán ustedes que, en aquellos tiempos heroicos, cuando un príncipe o una princesa estaban en edad casadera, tenían la extraña costumbre de ponerse enfermos para buscar novio o novia. Por supuesto que ninguno de los médicos, curanderos o magos del reino sabían cómo curar la misteriosa enfermedad que consumía al príncipe o princesa en cuestión. Cuando ya estaban bastante enfermuchos, hacían llegar a todos los rincones de su reino, y aun a los reinos vecinos, la noticia de que aquél o aquélla, según el caso, que hiciera sanar al real enfermo, tendría derecho a desposarse con él y disfrutar de los privilegios reales al convertirse en príncipe o princesa. Esta estrategia a menudo daba resultado, porque en aquellos tiempos cada súbdito de este reino y de los vecinos era propenso a pensar que él, y

sólo él, tenía el poder de resucitar a los muertos, y todos, indefectiblemente todos, lo intentaban.

Así, el príncipe o princesa veían desfilar delante de ellos a todos los hombres y mujeres de su reino y del extranjero, y podían comprobar quién era el más hermoso, el más listo, el más simpático... Así, una vez vistos todos, uno podía elegir con la aparente seguridad de haber acertado. Pues bien, un príncipe heredero de la casa real se puso enfermo y armó todo este jaleo.

Por todas las esquinas y chaflanes del reino se colgaron carteles, y los corceles más rápidos, montados por las más claras y potentes voces del país, se repartieron por los cuatro costados del territorio conocido, anunciando el angustioso problema. En menos que canta un gallo sonámbulo se congregó un enorme gentío a las puertas del palacio. Las colas de niñas, muchachas y mujeres de toda edad y condición se perdían en la lejanía. Continuamente se organizaban riñas y tumultos diversos en la fila, pero, a pesar de todo, fueron pasando una por una delante del príncipe. Aunque había para todos los gustos, ninguna le acababa de gustar: la que era guapa le parecía demasiado ñoña o boba de remate, y la que era lista va y tenía una verruga en la nariz, o era de aquellas que te sientan de una bofetada, o hablaba más que tres loritos viudos, o..., en fin, que pasaban los días y no acababa de encontrar a la que le gustara para dejarse curar, así que decidió ponerse más enfermo.

El consejo extraordinario del reino fue reunido con carácter de urgencia y, en una sesión maratoniana, se decidió por unanimidad que era necesario ampliar el círculo de búsqueda, que había que ir todavía más lejos a buscar a quien pudiera curar al príncipe. Así pues, todas las palomas del país fueron enviadas con mensajes para que llegaran allá donde no habían llegado los pregoneros a caballo. Y es aquí donde empieza la parte más interesante de la historia —dijo el guía imperial poniendo mucho énfasis en sus palabras, por si acaso alguien había empezado a despistarse.

Las palomas llegaron a todos los lugares:

Al País al Pie de la Letra, a las montañas de Nata, donde viven los golosos; al valle de Petipuá con su río de horchata, e incluso una paloma llegó al país de las gallinas, que vivían en un enorme cráter de un volcán ya apagado, y sobre el cual el sol se tapaba los oídos para no escuchar aquel guirigay que se armaba al despuntar el día.

Aquella paloma, al pasar por allí arriba y oír tan terrible escándalo, se asustó y soltó uno de aquellos carteles que llevaba entre las patas, con tan buena fortuna que fue a parar a la cabeza de la gallina más majareta del país. Cornelia se fue corriendo y tropezando hacia la plaza principal a anunciarle a todo el vecindario que le había caído un trozo de cielo en la cabeza, y que era rectangular y estaba lleno de letras.

Cuando pudieron quitarle el papelote que llevaba pegado a la cabeza y que la hacía dar vueltas como si se hubiera vuelto loca jugando a la gallina ciega, las gallinas más sabias descifraron el sentido de aquel mensaje en el papel, y entre ¡Quiquiriquis! ¡Coockeldoodleedoos! ¡Cocoricos! y cosas más extrañas to-

davía, intentaron explicarles a las demás gallinas lo que pasaba. Después les preguntaron si alguna tenía especial interés en casarse con un príncipe. Todas se hacían las guineanas, que es como decir las suecas, pero en gallina, ya que su sueño de príncipe azul siempre había sido un gran gallo de cresta roja y resplandeciente, con el plumaje irisado y el pico de oro y que cantara más fuerte que nadie, y que aquel príncipe, por muy azul que fuese, estaba bien lejos de ajustarse a sus sueños.

De todas formas, decidieron que lo que le hacía falta a aquel príncipe era una buena alimentación, y que seguro que aquello se arreglaba con una buena dieta a base de huevos. De esta manera, con la solidaridad y unanimidad que caracteriza a las gallinas, entre todas atraparon a la más intrépida y aventurera de ellas que, oliéndose la cosa, se había refugiado en el rincón más oscuro del gallinero. En volandas la subieron a la torre, montaña abajo, con el encargo de que no volviera hasta que el príncipe estuviera otra vez fuerte y sano.

La pobre Pepita, que era como se llama-
ba nuestra gallina, toda llena de magulladu-
ras y de malos presagios, comenzó su aven-
tura sin tener ni la más remota idea de nada,
ni siquiera de hacia dónde podría dirigirse.
Como no era tan tonta como podría dedu-
cirse de su culo gordo y fofo, pensó que siendo, como son, unas comodonas las palomas,
aquella que había llegado hasta allí lo habría
hecho llevada por el viento, así que se arran-
có uno de los plumoncillos de su cuello, lo
lanzó al aire y, al comprobar la dirección del
viento, decidió tomar la dirección contraria,
es decir: contra viento y sin marea, porque
todavía no había llegado al mar. Pero bueno, no adelantemos acontecimientos.

A los pies del volcán, desafiando la lava
y los vientos, crecía un bosque, y hacia el
corazón del bosque se dirigía el serpentean-
te sendero que tomó la gallinita.

Camina que caminarás, como lo hacen las
gallinas: ahora una pata, luego la otra, y después un saltito, iba Pepita haciendo camino
hacia el lugar del que suponía que había ve-
nido la paloma. Tarareaba una canción de

gallinas que hablaba de huevos de oro y picos y plumas tan brillantes que deslumbraban, cuando, en el camino, saliendo de detrás de un olmo, se encontró con una viejecita. Era tan pequeña, y estaba tan arrugada y mal vestida, que parecía una pasa de Corinto envuelta en harapos. Se apoyaba en un cayado de roble y llevaba un enorme zurrón a la espalda.

—¡KI KO KI KU! —le dijo Pepita a la viejecita, que era una viejecita tan especial que conocía a la perfección el lenguaje de las gallinas.

—¡KI KO KI KU! —le contestó ella, y esto significaba: ¡Buenos días! Continuaron hablando en gallino, pero para evitar la traducción simultánea, traduciremos directamente.

—¿Qué hacéis por estos parajes, señora?

—Pues verás, curiosa e interrogativa gallina, yo vivo en el camino, y en estos momentos ando buscando algo con lo que llenar la panza. Hace mucho que no pruebo bocado y estoy escuchando a mis tripas entonar cánticos de súplica.

Dijo todo esto con un cierto tonillo, al tiem-

po que los ojos se le desorbitaban un poco y los dientes le empezaban a brillar de una manera bastante sospechosa. Por todo eso y la desconfianza que siempre le inspiraba a Pepita la retórica, previendo un futuro próximo desplumada y asándose a la brasa, le dijo resuelta:

—No os preocupéis: ¡ahora mismo os pongo un par de huevos!

Se acurrucó suavemente sobre la hierba, y en un periquete puso dos huevos tan blancos y tan lisos como el mármol y se los ofreció a la viejecita. Ella sacó de su zurrón, que parecía un infierno, una sartén, hizo un fuego y, en menos que canta un gallo, se había frito los dos huevos y los mojaba con pan rechupándose los dedos. Cuando acabó la pitanza, soltó dos sonoros ¡Mmmmh! ¡Mmmmh!, pasándose la lengua por los labios, y le dijo a la gallina:

—Sabes, amable y dilecta Pepita, antes, cuando te he visto acercarte por el camino, me he dicho: ¡Ajá!, ahí viene mi almuerzo. Y no me he equivocado. Bueno, en realidad sí, me había equivocado de comida, por

que pensaba comerte a ti asadita a la brasa; pero con tu buena acción has conseguido salvar tus muslos, saciar mi hambre y enternecer mi endurecido corazón. Por eso voy a hacerte un regalo: toma, esta sartén es mágica, y estoy segura de que podrá ayudarte a llegar a tu destino.

—¡Gracias, bondadosa viejecita! —dijo Pepita respirando aliviada por haber salvado el pellejo—. Pero…, ¿cómo he de utilizarla?

—Eres perspicaz y tú misma lo irás descubriendo. Perdona si no te la doy limpia, siempre fui un poco perezosa. Ahora voy a tumbarme un rato. ¡Mmmmh! ¡Qué deliciosos estaban esos huevos! Vete, gallinita, antes de que vuelva a entrarme hambre. ¡Uoooouhh! —bostezó.

Pepita no había entendido algunas palabras difíciles como perspicaz y dilecta, pero no se hizo de rogar: recogió la sartén y continuó su camino.

En la primera fuente que encontró fregó la sartén con tierra y la dejó tan reluciente que hubiera podido salir en un anuncio de detergentes. Consideró que ya debía de estar

suficientemente lejos de la vieja bruja (en realidad aquella viejecita era una bruja, ¿cómo si no hubiera conocido el lenguaje de las gallinas y el nombre de la más astuta?) e intentó entonces descubrir las cualidades mágicas de la sartén. Lo primero que le vino a la cabeza fue que serviría para hacer comida abundante y sabrosa. Como ya empezaba a tener hambre, la puso dulcemente en el suelo y le dijo:

—Sartén, sartencita, ¡haz que aparezca una mazorca de maíz crujiente! —se apartó un poco por si aparecía la mazorca en medio de una nube de humo y... no pasó absolutamente nada. No se desanimó, lo dijo más fuerte y cambiando el orden de las palabras (cosas de la magia). La sartén continuó igual. Pensó que a lo mejor había pedido algo demasiado difícil o que no era temporada de maíz, así que pidió cosas más fáciles: arroz, pipas, pienso..., incluso llegó a pedir ¡pan duro! Todo sin ningún resultado. Probó después con todos los conjuros mágicos de gallinas que se sabía y se inventó algunos más. Hizo un montón de pases de manos, bueno, de alas, le dio tres veces siete vueltas, la tocó con una varita de mimbre arrancada de un árbol fulminado por el rayo, golpeó con la sartén contra las piedras, contra los árboles y contra el agua. Todo, sin que sirviera de nada.

—¡Bah! Esa vieja bruja me debe de haber engañado. ¿Para qué quiero este trasto si no sirve para nada, pesa un montón y es incómodo de llevar? —Diciendo esto lanzó la sartén con todas sus fuerzas a un lado del camino. Pero como las fuerzas de una gallina, aun siendo de las más fuertes, no son muchas, la sartén no llegó muy lejos: fue a dar contra el tronco de un árbol, rebotó y fue a parar a la cocorota de Pepita. Cuando pudo levantarse del suelo, pensó haber descubierto la cualidad mágica de la sartén.

—Así que tu magia es que vuelves cuando te tiran, ¿eh, cacharro?, —dijo rascándose el cogote en el que empezaba a despuntar un magnífico chichón—. ¡Bueno, menos da una piedra!

Resignada, se dispuso a cargar con la sartén, pero se encontró un montón de proble-

mas a la hora de llevarla consigo: si la llevaba bajo el ala, se cansaba muchísimo y se
desequilibraba tanto que casi no podía ni an-
dar; si la llevaba colgada al cuello, tropezaba
continuamente con ella, y, si la llevaba sobre la cabeza, tenía que hacer verdaderos
malabarismos para que no se cayera y arma-
ra un estrépito enorme. Finalmente, consi-
guió colocársela a la espalda atada con una
cuerda, cubriéndole la retaguardia.

Y así, de esta guisa, continuó sendero abajo atravesando el bosque. Encontró algunas
bayas silvestres y, sobre todo, unas sabrosas
lombrices, con las que llenar el buche, porque se le había despertado el hambre de tanto caminar y pelear con la dichosa sartén.
Aunque avanzaba penosamente por el peso
de ésta, había decidido llevarla consigo. Era
una gallina de decisiones firmes y es bien cierto que eso le salvó la vida, porque nada más
reemprender el camino, después de abaste-
cerse de lombrices, un gran ¡TOING! metálico
sonó en otro trasero. Y después otro y otro
más: ¡TOING! ¡TOING! Pepita no se paró en
averiguaciones, únicamente agachó la cabe-

za, frunció el ceño y tiró campo a través a toda la velocidad que le daban sus piernas.

—¡Párate! ¡Párate! ¡Maldita gallina! —gritaba un cazador corriendo tras ella y lanzándole flechas que, certeras, iban a estrellarse en su culo metálico.

—¡KO-KO-RO-KO-KOK! ¡KU-KU-RU-KU-KUK! —le contestaba Pepita al cazador, que quería decir: ¡Que te crees tú eso, moreno! Y gritando enloquecida se internó en la parte más intrincada del bosque, donde no había senderos de cazadores ni de brujas, y se quedó allí quieta, callada y temblando.

—¡Brrr… Brrr… Cu… curru… cu… cu…! —temblaba y temblaba mientras oía al cazador que intentaba entrar en la maleza sin conseguirlo.

—¡Ay, ay, ay! ¡Qué pinchazo! ¡Ahhhgg! ¡RAS! ¡Ostras! ¡Ostras! ¡Qué desgarrón! ¡Cuando me vea mi mujer me mata!

Por fin desistió de entrar. No acababa de dar crédito cuando recogió sus flechas con las puntas desmochadas:

—¡Por todos los espíritus del bosque! ¡Una gallina acorazada! ¡Dónde iremos a parar!,

—maldecía, mientras regresaba desesperado hacia su casa.

Pepita se durmió con un ojo cerrado y el otro abierto, como hacen las gallinas astutas, pero antes de dormirse, pasó una de sus alas suavemente por la sartén y dijo:

—¡Vaya!, en realidad sí que eres mágica.

De buena mañana, cuando se despertó, escarbó y picoteó un poco entre la hojarasca, atrapó unos gusanos y abonó un helecho; después, poco a poco, casi pisando huevos y con mil ojos, continuó caminando. Hacia el mediodía llegó al lindero del bosque. Unos cientos de metros más allá todavía había matojos y aliagas, pero, después, la sequedad más absoluta se extendía hasta donde le llegaba la vista. Aquello era demasiado para ella, una gallina cargada con una sartén.

—Creo que lo mejor será volver a casa —se dijo—; diré que lo he curado y ya está. No creo que nunca nadie llegue a saber que no he llegado a ver al príncipe.

Comenzó a volver sobre sus pasos, ilusionada, cuando escuchó en la lejanía los ladridos de un perro.

—¡Vaya! Ese estúpido cazador trae refuerzos. En fin, parece que tendremos que continuar.

Dio media vuelta y salió del bosque hacia aquella sequedad inabarcable. Pronto el calor se hizo asfixiante, y por más que ella ahuecaba su plumaje para hacer una cámara de aire y amortiguarlo, era insoportable. Para postre, la sartén se estaba recalentando tanto, que tenía el culo medio frito. Cuando más acalorada estaba se le ocurrió una idea.

—¡Por todas las lombrices! ¡Seré simple! Acto seguido, se desató la sartén y la colocó sobre su cabeza a modo de sombrilla. Se ahuecó un poco más todavía, pero esta vez de orgullosa que estaba de sí misma.

Así, caminando por la arena del desierto, buscando las escasas sombras de las rocas, aprovechando las horas menos calurosas y comiendo cosas que harían cacarear de asco a cualquier gallina medianamente bien educada, después de un par de días, acertó a pasar por delante de la cueva de un dragón. Ésta no sería una buena historia si no apareciera un dragón—dijo el guía imperial.

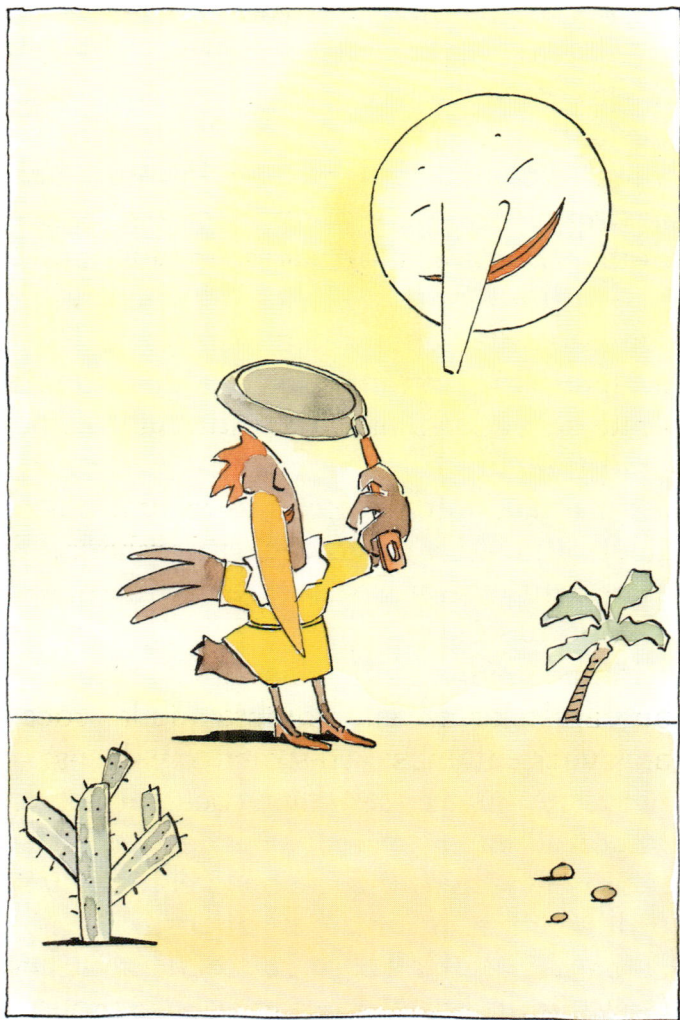

Bien, aquel dragón, de la especie *Deserticus Feroz*, miró sorprendido aquella especie de cosa que marchaba con una sartén sobre la cabeza y se dijo a sí mismo:

—¡Hum! ¡Hum! ¡Hum!... Tiene plumas, alas, un pico y patas de pájaro, pero... camina... ¡qué extraño! Hagamos una pequeña comprobación... —Diciendo esto, lanzó una pequeña llamarada a los pies de Pepita, que soltó la sartén y dio un gran salto ayudándose de las alas, prácticamente un pequeño vuelo.

—¡Ahajá! ¡Perfecto! Eso es lo que quería saber: ¡Vuelas! Y como decía mi abuela: ¡Pájaro que vuela a la cazuela! ¡¡¡Allá vooooooyyy!!!

Pepita, adivinando las intenciones de aquel bicho repugnante y refranero, en un decir ¡quiquiriquí!, cogió su sartén y en el momento en que, a tres palmos de su pico, el dragón le lanzó un rayo de fuego, le puso delante la sartén, que rechazó el fuego y se lo devolvió a la nariz del dragón.

—¡¡AAGGGHHH!! Agua, agua. ¡Hiiii! ¡Hiii! ¡Huii! ¡Fuuu! ¡Fuuu! ¡Fu! —gritaba el dragón.

Pepita recogió la sartén y se la llevó, ¡CLINC! ¡CLANC! ¡CLONC! ¡CLUNC!, arrastrando a toda sartén hasta que pensó que ya debía de estar bastante lejos de la cueva del dragón y, sobre todo, de su inquilino. Aunque estaba un poco chamuscada y bastante abollada, se la volvió a atar a la espalda.

Se había hecho de noche y estaba cansadísima, pero continuó caminando en contra del viento. Cada vez le costaba más trabajo caminar por aquel mar de dunas y en la oscura noche, pero… ¡PLUNC! tropezó y cayó de espaldas sobre la sartén en la pendiente de una enorme duna: ¡¡¡FFIIIIISSSSSSSSSS!!! Iba deslizándose hasta que: ¡¡¡CHOFFFFSSSSS!!!

Cayó en un río.

Se desató como pudo, porque su postura no era la más cómoda, y comprobó con alegría cómo la sartén flotaba. Era un río tranquilo, con poca corriente, y Pepita, haciendo gala de su inteligencia, sacó de debajo del ala el pañuelo de los domingos y se hizo una rudimentaria vela utilizando como mástil el mango de la sartén. Así pudo llegar a la otra

orilla, no sin sobresaltos, ya que los cocodri-
los del río intentaban por todos los medios
no desaprovechar aquella cena tan apetito-
sa, pero se tuvieron que conformar con algún que otro diente roto.

El río discurría por un valle, pero en la otra
orilla, en la que ahora se encontraba, el cli-
ma era más fresco y la vegetación cambiaba
totalmente. Las palmeras se acercaban a la
ribera del río, y más hacia allá, la pendiente
de este lado del valle era un magnífico pra-
do de tierra fértil. Estaba segurísima de que
estaría repleto de gordas lombrices y no se
entretuvo mucho en comprobarlo: escarbó
un poco y..., efectivamente, ¡allí estaban! Se
comió algunas y después ascendió hasta el
margen del valle que encajonaba el río.

—¡¡Ko-ko-ri-kooooooohh!! —exclamó sor-
prendida nuestra gallina, porque desde allí
divisó en el horizonte las luces de las mura-
llas de una ciudad, y entre el lugar donde
ella se encontraba y la ciudad, una espesa
negrura. Era un bosque. Decidió que, de
momento, ya había pasado bastantes aven-
turas y que sería mejor quedarse a descan-

sar a la serena lo que quedaba de noche, allí mismo, en la contrapendiente de aquel ribazo.

La noche no fue todo lo tranquila que ella esperaba porque todavía no se había dormido cuando empezó a llover. No eran horas de ponerse a buscar un refugio, pero tampoco de quedarse al descubierto. Miró su sartén y dijo:

—¡Replumones! ¡Para cuántas cosas sirves!

A la mañana siguiente, después de desperezarse tapándose la boca para no armar jaleo, de acicalarse utilizando la sartén como espejo y de desayunarse copiosamente con unas lombrices fritas, limpió la sartén, se la ató a la espalda y, Tim Petam Petom Petim, cantando una canción de marcha gallinera, se adentró en el bosque y se encaminó hacia aquella ciudad que estaba justo al otro lado.

Cuando el bosque comenzó a hacerse más espeso, más oscuro, y montones de sonidos extraños e inquietantes se oían por aquí y por allá, Pepita dejó de cantar y empezó a sudar y a hacerse preguntas como:

—¿Quién me mandaría a mí meterme en

este guirigay? Y además por un príncipe. ¿Qué gano yo de salvar un príncipe, eh? ¡Si al menos fuera un hermoso gallo el que tuviera que salvar!

No había acabado de decir esto, cuando escuchó voces en medio del bosque. Se acercó sigilosamente al lugar del que provenían y contempló entre el follaje una curiosa escena:

En un pequeño claro del bosque, una zorra tenía atado a un magnífico gallo como el que ella había deseado salvar hacía unos momentos. La zorra lo miraba relamiéndose mientras hojeaba un voluminoso libro.

—¡Ajá!... No, tampoco eres un faisán, a ver..., no, no. Los faisanes tienen las plumas de la cola más largas y no tienen esa, esa... ¡cresta! Sí, eso, esa estrambótica cresta en la cabeza. Veamos otra cosa ¡Ummm!..., —decía la zorra mientras pasaba las páginas ruidosamente—. ¡Ummm!..., no, pato tampoco eres, he comido muchos a la orilla del estanque y sé cómo son perfectamente. Ni una perdiz, ni una codorniz... hum... hum... ¡Ajá! ¡Eureka! ¡Aquí estás! Sí, sí, sí, seguro que eres éste: ¡un gallo! Un gallo, qué nombre más ridículo, ¡hi, hi, hi! La verdad es que no te han sacado muy favorecido, estás mejor al natural —decía con la boca hecha agua, mientras el pobre gallo Quico sólo soltaba de vez en cuando algún ¡coooc! ¡cooc! espantado.

—Veamos qué dice de ti: *Extraño animal, prácticamente desconocido. Se dice que vive más allá del desierto de la lagartija amarilla y de las montañas de Arcanjou. Los hombres de ciencia no acaban de ponerse de acuerdo sobre su naturaleza, algunos dicen que es una ave, aunque nadie los ha visto nunca volar,* ¡hi, hi, hi! ¡*por eso me resultó tan fácil atraparte!... Los machos de esta especie se diferencian enormemente de las hembras. Se desconocen más datos sobre ellos...* ¡clap! —cerró bruscamente el libro.

—¡Bah! ¡Peste de libros! ¡Nunca dicen lo que interesa! ¡Qué más me da si vuelas o no! ¡Lo que yo quiero saber es si eres comestible o no! De todas formas, creo que lo adivinaré muy pronto, casi diría que inmediatamente seré la pionera, la precursora, ¡la primera zorra en el mundo que se coma un gallo! ¿Qué te parece?

—¡Coooc! ¡Cooooc! —decía aterrado el gallo Quico.

—Muy bien, ya veo que estás de acuerdo conmigo. Ahora está el problema de cómo cocinarte. ¿A la brasa? No, harías demasiado gusto a humo. ¿Al horno? No, seguramente quedarías demasiado seco. ¡Ah! ¡Ya sé, ya sé!, bien frito en la sartén, crujiente y dorado. ¡Mmm! ¡Mmm! —decía paseándose la lengua por los brillantes colmillos.

—¡Ahá! ¡Allá veo una sartén! Qué extraño…, ¿qué hace arriba del árbol?… Si yo siempre las dejo en tierra…, —decía mientras se iba acercando—. Y, además…, esta sartén… creo que no es la mía… —se acercaba cada vez más—. No, seguro que no es ésta, porque está muy limpia… a ver… ¡CLONC! ¡¡Qué sartenazogfhzw!! ¡CLONC! ¡CLONC! ¡CLONC! ¡CLONC!

Pepita le pegaba con todas sus fuerzas en la cabezota hasta que la zorra cayó desvanecida.

—¡Crestas y recontraespolones! ¡Qué cabeza más dura!

Inmediatamente se fue corriendo hacia el gallo y lo desató.

—¿Qué haces tú aquí? —le preguntó curiosa la gallina.

—¡Venga, venga, deprisa! En seguida te lo cuento. Ahora hay que ahuecar el ala.

Salieron pitando de allí con la sartén —faltaría más—. Cuando ya no podían más y estaban bien lejos del territorio de la zorra, pararon a descansar; entonces Pepita volvió a preguntarle otra vez:

—Bueno, ¡kooof!..., me quieres decir..., ¡koof!, ¿qué haces aquí? ¡Kof!

—Pues..., ¡koof!... ¡koof! Verás..., es que..., ¡koof!, mi padre me echó de casa porque no cantaba, y me dijo que hasta que no aprendiese que no volviera, que no estaba dispuesto a soportar durante más tiempo aquella deshonra.

—¿Y ya has aprendido?

—¡Qué va! Sé imitar casi todas las voces de los animales: sé aullar como un lobo y ladrar como un perro, sé maullar, rugir, graznar, mugir, gruñir, relinchar, piar..., de todo, pero no sé cómo canta un gallo.

—¿Y sirve de alguna cosa, todo eso que sabes hacer?

—¡Ya lo creo! Cuando tropiezo con un gato montés, ladro o aúllo como un lobo, y sale corriendo; cuando tropiezo con un lobo, silbo como una serpiente y no se atreve a acercarse, y así.

—¿Y la zorra?

—¡Es sorda como una tapia!

—¡Vaya!

—Y tú, ¿qué haces aquí?

Pepita le contó el motivo de su viaje y todas las peripecias que hasta ese momento le habían sucedido. El gallo Quico, en justa correspondencia, no podía hacer otra cosa que ayudarla. No podía dejar sola a aquella gallina tan valiente y tan astuta que le había salvado las plumas; además de que le gustaba una barbaridad...

Así, pues, continuaron atravesando el bosque, donde encontraron no pocos peligros que, con la especial habilidad imitadora de Quico, pudieron sortear. Durmieron a cubierto en uno de los numerosos escondites que conocía el gallo, junto al límite del bosque. A la mañana siguiente, les despertaron las campanas tristes de la ciudad que estaba, como quien dice, a una carrera de gallina. Se levantaron y, sin desayunar ni nada, se fueron corriendo a la ciudad llenos de malos presagios.

Al entrar por una de las puertas de la muralla, se cumplieron sus peores presentimientos: el príncipe había muerto. Esa misma mañana se celebraría el entierro con la solemnidad, la pompa y la circunstancia que hacía al caso. Pepita estaba tristísima y desesperada. De nada habían servido todos los afanes y penalidades que ella había pasado. Empezó a llorar desconsolada:

—¡Mira tú, si! ¡Hip! ¡Bujuuuuu! ¡Snif! Si ése ¡coook!..., ¡cabeza de chorlito, no podía haberse esperado un día más! ¡¡Bujuuu!! ¡Hip! ¡Snif!

—Venga, no llores, gallina, tú has hecho lo que has podido, mucho más de lo que estabas obligada a hacer por un desconocido.

—¡Mmsí!, pero de qué ha servido, ¿eh?

¡Snif! ¡Bujuuu! ¡Bujuuu! ¡De nada! Me vuelvo con las alas vacías. ¡Hiiiii! ¡Snif! ¡¡¡Cooockbujuuuu!!!

—No hagas eso, que pareces un perro.

—¡Hago lo que quierbujuuuuuuu!

—Está bien, haz lo que quieras. ¿Quieres que te acompañe a tu casa?

—No, antes quiero ver al cara de lombriz ése ¡snif!, que se ha muerto sin esperarme. ¡Snif!

Pepita y Quico buscaron un lugar elevado desde donde poder ver la comitiva funeraria cuando pasara. Lo encontraron en el amplio alféizar de una ventana que había en una esquina del recorrido y allí esperaron el paso del príncipe.

Por todo el recorrido comenzó a congregarse una enorme muchedumbre a medida que iba levantándose el sol y avanzando la mañana. Debajo de donde ellos se encontraban había una gran cantidad de gente y animales, todos mezclados, porque era día de mercado; estaba tan lleno, que aunque hubieran querido, no se habrían podido mover de allí. Por todo el trayecto de la comitiva

funeraria había guardias con el uniforme de gala estratégicamente situados. Había salido un día precioso y el sol comenzaba a picar. Para cuando la comitiva empezó a pasar por allí, hacía un calor que agrietaba las piedras. Pepita alargó el cuello para ver al príncipe que estaba tendido encima de una carroza dorada. ¡Era tan guapo! Parecía dormido de tan buen color que tenía. Entonces pasó una cosa sorprendente; cuando Pepita sentía una emoción muy fuerte le ocurría una cosa increíble: ¡se liaba a poner huevos sin parar! Era algo que no podía controlar, y, en aquel momento, estaba tan emocionada de ver al príncipe allá, tendido, sin poder hacer nada, que comenzó a poner huevos como una máquina. El gallo Quico miraba incrédulo cómo rodaban los huevos, pero no se atrevía a decir nada. Y los huevos caían del alféizar abajo donde estaba la gente y se estrellaban contra sus cabezas, sus hombros o en tierra. Nadie se atrevía a decir nada por respeto a la real persona que en ese justo momento pasaba bajo la ventana, pero uno de aquellos huevos cayó sobre el casco de hierro de un soldado y empezó a freírse de tan caliente que estaba. El príncipe, que en realidad no estaba muerto, como todos pensaban, sino dormido, al sentir aquel olorcillo se despertó y dijo:

—¿Qué... qué es eso que huele tan bien?

Todo el mundo callaba y no sabía qué decir, hasta que Pepita se atrevió a contestarle:

—Es... es un huevo frito, majestad, ¿queréis que os fría un par?

—Me encantaría, extraño animal.

Allí mismo, con la sartén que le había regalado la bruja y que tantas veces la había salvado, la gallina Pepita le hizo un par de huevos fritos al príncipe, que se los mojó con pan rechupándose los dedos. Cuando acabó, estaba totalmente restablecido de su imaginaria enfermedad, y todo el mundo le dedicó una larga ovación al príncipe y a la gallina. En ese momento, el príncipe, un poco nervioso, recordó el anuncio que había hecho repetir por todos los reinos conocidos: ¡Se casaría con aquella que lo hiciera sanar! Como era un hombre de palabra, le dijo a la gallina que como lo había salvado, tenía derecho a casarse con él. Ella le contestó que, si no le importaba demasiado, prefería vivir con el gallo Quico. El príncipe primero respiró aliviado y después lo encontró razonable e hizo construir un gallinero de oro, abierto para aquella valiente gallina y su acompañante, que vivieron allí un montón de años y tuvieron muchos, muchos pollitos.

Todos los días, el príncipe cenaba un par de huevos con patatas, hasta que se murió de verdad. En este país, ser una gallina era ser una persona muy valiente, y tener la piel de gallina significaba tener la piel muy bonita, por eso todos pasaban mucho frío para tenerla así. La gallinita ciega se convirtió en el juego nacional, y ya nadie se preocupaba de sus patas de gallo, quedaban elegantes y finas. Incluso soltar un gallo en la ópera se consideraba una proeza que únicamente podían realizar los mejores tenores y sopranos.

Fue también en esta época cuando se decidió adoptar un huevo frito en el escudo de armas de la casa real como símbolo del país. Ése que pueden ver ahora ustedes. Y aquí acaba esta historia, la historia del príncipe que decidió morirse porque no encontraba con quien casarse y que fue salvado por un par de simples huevos y una gallina. —En este momento era cuando el guía imperial, que había contado aquella increíble historia, se levantaba y pasaba la gorra al auditorio de turistas despistados.

—Gracias, ¡CLINC! Muchas gracias. ¡CLINC! ¡CLINC! muy agradecido, ¡CLINC!

Pero siempre había alguno de aquellos turistas despistados que decía, en voz baja para que no lo oyera el guía imperial:

—Pues yo continúo pensando que eso no es un huevo frito. Eso es el sol.

Y quizá tenía razón.

TÍTULOS PUBLICADOS
Serie: a partir de 8 años